Carol

Maria de
Lourdes Alba

Copyright © 2022 de Maria de Lourdes Alba
Todos os direitos desta edição reservados à Editora Labrador.

Coordenação editorial
Pamela Oliveira

Preparação de texto
Iracy Borges

Assistência editorial
Larissa Robbi Ribeiro

Revisão
Denise Morgado Sagiorato

Projeto gráfico, diagramação e capa
Amanda Chagas

Imagens de capa
PngWing

Dados Internacionais de Catalogação na Publicação (CIP)
Angélica Ilacqua CRB-8/7057

Alba, Maria de Lourdes
 Carol / Maria de Lourdes Alba. — São Paulo : Labrador, 2022.
 64 p.

ISBN 978-65-5625-210-0

1. Ficção brasileira I. Título

21-5128 CDD B869.3

Índices para catálogo sistemático:
1. Ficção brasileira

Editora Labrador
Diretor editorial: Daniel Pinsky
Rua Dr. José Elias, 520 — Alto da Lapa
05083-030 — São Paulo/SP
+55 (11) 3641-7446
contato@editoralabrador.com.br
www.editoralabrador.com.br
facebook.com/editoralabrador
instagram.com/editoralabrador

A reprodução de qualquer parte desta obra é ilegal e configura uma apropriação indevida dos direitos intelectuais e patrimoniais da autora. A editora não é responsável pelo conteúdo deste livro. Esta é uma obra de ficção. Qualquer semelhança com nomes, pessoas, fatos ou situações da vida real será mera coincidência.

*Para
Antônio de Almeida Borges*

✸ ✸ ✸

Uns olhos tímidos me fitaram
Por minutos, ou por instantes,
Ou talvez por segundos...
Já nem sei se me fitaram...
Só guardei sua ternura

Eurídice Alves, in: "Olhos tímidos",
Joias literárias.

✸ ✸ ✸

Capítulo 1

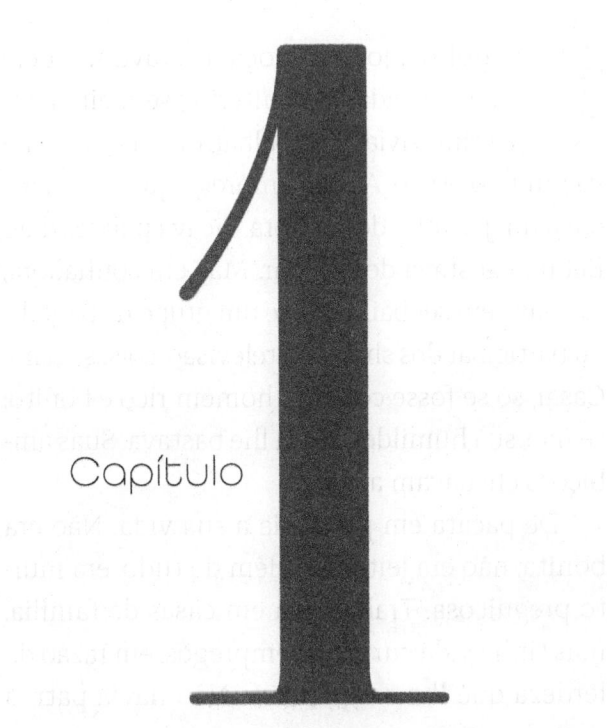

Carolina, jovem moça, morava naquela pacata cidade do interior, sem eira nem beira. Vivia de trabalhar, mas não apreciava muito o ofício. A cada emprego que arrumava dava um jeitinho de cair fora. Ficava poucos dias. Ela não gostava de estudar. Mas era sonhadora; sonhava em ser bailarina de um grupo de pagode, ou participar dos shows de televisão, coisas assim. Casar, só se fosse com um homem rico e bonito; se não, sua humilde casa já lhe bastava. Suas ambições chegavam até aí.

De pacata em pacata ia a sua vida. Não era bonita, não era jeitosa e, além de tudo, era muito preguiçosa. Trabalhava em casas de família, mas tinha vida curta nos empregos, em razão da lerdeza que lhe era peculiar. Não havia patroa que aguentasse.

Janete, uma vizinha sua, moça muito diferente, que gostava de passear e era esperta para fazer as coisas, convidou-a para andarem um pouco no sábado à tarde. Ela topou.

O caminhar pela pequena cidade era suave, como suave eram os pensamentos das duas, que sonhavam com artistas famosos da televisão, atores de novelas e outros, até que se depararam em frente à porta da igreja.

O sino a tocar. Carolina disse:

— Faz tempo que não venho à igreja.

— Todo domingo eu marco presença. Minha avó diz que é muito importante frequentar a igreja e participar da missa. Disse que eu só vou perceber a importância quando precisar de Deus. Sabe-se lá. Eu não falto. Se você quiser, podemos vir juntas. Aos domingos a missa começa às dez horas — responde Janete.

— Eu não sou muito chegada em missa, não, Janete, nem a rezar. Acho um saco.

— Vamos entrar ou não, Carolina?

— Vamos, vamos, sim.

A missa está transcorrendo. É quase o momento da comunhão. Todos se ajoelham e as duas ficam a observar as pessoas que estão rezando.

— Será que não tem ninguém sozinho por aqui? — pergunta Janete.

— Logo na igreja você vem atrás disso, Janete?

Ao término da missa, as duas se dirigem ao altar para fazer o sinal da cruz; de repente,

Carolina repara que alguém está arrumando a sacristia.

— Janete! Olha que homem lindo está ali!

— Cale a boca, Carol! É o padre Justino.

— Padre Justino? Nem sabia que tinha esse padre aqui na paróquia.

— Como não sabia? Ele acabou de rezar a missa.

— Era ele? — Carolina pergunta, perplexa.

— Era.

Carolina olha para os lados, envergonhada em seus dezessete anos, uma menina ainda. Ajoelha-se e ali fica, sem sair do lugar, até que a amiga a chama.

— Carol, vamos embora. A igreja está vazia.

— Estou rezando, você não está vendo?

— Estou, mas a missa já acabou. O padre já está fechando a sacristia.

— Vamos falar com ele, Janete?

— Vamos.

— Padre, boa noite! — cumprimenta Carolina.

O jovem padre, que tinha por volta de vinte e cinco ou vinte e seis anos, quem sabe, mas com carinha de bebê, olha assustado:

— Boa noite, minha filha, você veio meio tarde para a igreja, não?

— Eu assisti à missa todinha, viu?

O padre olha para Janete, que envergonhada desvia o olhar e confirma:

— É verdade.

— Posso fazer uma pergunta, seu padre?

— Fale.

— Por que me chamou de "minha filha"? Será que existe algo no meu passado que eu desconheço?

— Ora, o que é isso! É hábito. Padre nunca tem filhos, ou você não sabe?

— Por isso mesmo eu estranhei esse seu modo de falar.

— Antes de pensar bobagem, minha... — neste momento o padre para, quase fala novamente — seria bom você rezar um pouco e frequentar mais a igreja. Nunca a vi por aqui.

— Também nunca vi o senhor. Acabamos de nos conhecer, não é mesmo?

Janete puxa a amiga pela roupa:

— Vamos embora, está tarde.

— É melhor vocês irem mesmo embora, já está escurecendo e não é bom meninas andarem no escuro.

— O padre poderia nos acompanhar. O que acha? A rua está cheia de meninos maldosos.

Alguém poderia nos atacar e seria uma desgraça.

— Sinto muito. Estou fechando a igreja. Depois tenho que jantar e me deitar.

— Ora, padre. Nós ainda não comemos, vamos à Lanchonete do Cachorrão. Lá tem cachorro-quente gostoso com molho e tudo, e é bem baratinho.

— Por favor, vocês podem sair? Eu preciso fechar a igreja — fala o padre em tom ríspido.

As duas saem e andam pelas ruas, que já começa a escurecer, vão por entre os paralelepípedos, a cantarolar músicas de roda — "Batatinha quando nasce" misturada com canções atuais de cantores pop, alegremente a pular e a cantar.

Chegam à casa. Na porta, Janete diz:

— Preciso entrar, senão minha mãe pega no meu pé. Amanhã vou ter que pegar cedo no trabalho.

— Sorte sua — ironiza Carol. — Eu não tenho trabalho. Vou procurar e não preciso levantar tão cedo para fazer isso, porque muito cedo as patroas estão dormindo.

— É, você está meio sem sorte mesmo. Difícil acertar numa casa. Eu já estou há oito meses com dona Lore.

— Eu, no máximo, fiquei por dois meses. Mas o que é bom dura pouco. Tchau.

Na cozinha, dona Josefa espera a filha com a mesa arrumada.

— Finalmente você chegou. Estávamos esperando você para lanchar. Seu pai já acabou de ver o jogo. Vá lavar as mãos, vá.

Sentaram-se à mesa.

— Você foi dar uma volta com a Janete?

— Fui.

— Aonde vocês foram?

— À igreja.

— À igreja? Fazer o quê?

— Assistir à missa, ora, mãe...

— Missa? Vocês saíram tarde para pegar a missa.

— Mas deu tempo — responde Carol.

— Conheceu alguém nesse passeio, algum rapaz?

— Não, não, não.

— Que braveza, filha, com dezessete anos eu já era casada e tinha uma filha na barriga. Tua irmã tem dois anos que se casou. Você vai querer ficar pra tia, vai?

— Ai, de novo esse papo...

Senhor José, o pai, retruca:

— Deixe a menina. Seria bom que ela trabalhasse, isso, sim.

— Eu trabalho, pai, trabalho, sim, feito uma escrava. As patroas é que não gostam de mim. Sou ótima para trabalhar, eu falo, as patroas é que não gostam de mim.

— Então, vamos fazer o seguinte, filha: amanhã você lava toda a roupa e o quintal, porque sua mãe vai sair comigo, está bem?

— Vocês vão aonde?

— Vou falar com o Dr. Cornélio, ver se ele arruma um emprego pra você.

— Tudo bem. Vou dormir. Boa noite!

Carol olha-se longamente no espelho e diz para si:

— Que droga de vida besta que a gente leva! Ou trabalha ou casa. Se trabalha, vira escrava. Se casa, tem que trabalhar em casa. Vou fugir, vou, sim. Vou fugir de casa, ora se vou.

O dia amanhece. Os pais saem cedo, chamam a filha. Voltam lá pelas onze horas e, para surpresa deles, a menina Carolina está deitada na cama com o radinho no ouvido, de pijama, numa boa.

O pai começa a gritar:

— Vagabunda! Você está me saindo uma vagabunda! Não fez nada do que combinamos. O que você quer da vida, hein? O quê?

— O que eu quero é sossego. O que eu quero é sossego — e vai cantarolando pela casa em direção ao quintal.

Mesa posta, hora do almoço.

— Carolina — diz o pai, com voz rude — amanhã você vai trabalhar para o Dr. Cornélio. A mulher dele precisa de uma lavadeira. Serviço pequeno. É só lavar roupa.

— A família é pequena também?

— Lógico que não. Nem sei quantas pessoas são. E daí? A minha paciência está se esgotando. Não quero uma vadia dentro de casa, não. E trate de ficar nesse emprego, senão juro que te dou uma surra!

— Que é isso, Zé? — interfere a mãe, assustada.

— Isso mesmo. E quero o pagamento aqui — mostra a palma da mão. — O pagamento é meu. Estamos entendidos. Ou não?

Ela acaba de comer e vai para o quarto chorar.

"Tão depressa arrumou um serviço! Eu preciso arrumar um marido, juro que preciso, mas onde? Neste lugar esquisito que a gente mora... Só se

namorar o Carlinhos, mas ele cospe no chão. Deus me livre!".

No cochilo da tarde, ela sonha com o padre Justino. Os dois passeando de mãos dadas pela igreja. Acorda num susto.

"Meu Deus, que pecado! Por que sonhei com o padre?", pensa.

Levanta num salto e vai à casa de Janete. Sua mãe a atende e diz que a filha está trabalhando. Volta para casa, troca de roupa e diz à mãe:

— Mãe, eu vou à igreja.

— Fazer o quê?

— Agradecer a Deus o emprego que papai me arrumou.

— Vá, pode ir, porque depois que pegar firme no serviço você não terá mais tempo livre, não.

— Tá, tchau.

Carol sai correndo pelas ruas, pelos paralelepípedos. Vai que vai.

A igreja está fechada. Ela se encaminha para os fundos e bate na porta da sacristia.

— Padre, padre. O senhor está aí, padre? Preciso falar com o senhor.

De repente, a porta se abre. O padre fala com espanto:

— O que aconteceu, menina? Por que está correndo tanto, o que houve?

Carolina vai entrando, vê uma cadeira e se acomoda.

— Padre, arrumei um emprego.

— Graças a Deus. Mas não precisava ter vindo agora. No sábado ou domingo, na hora da missa, você poderia falar ou pôr um papelzinho no pé do santo que eu leria depois.

— Não entendi, padre.

— Não entendeu o quê?

— O papelzinho no pé do santo. Não é para o santo ler?

O padre olha atentamente para a menina e fica com pena de tanta ingenuidade.

— Como você se chama?

— Carolina.

— Carolina, você acha que santo lê?

— E por que não? Se Jesus está em todos os lugares e os santos também... ou eles são analfabetos?

O padre senta-se, acomoda-se na cadeira e dirige um olhar fulminante à menina. Esse é um momento mágico, pois os olhares se cruzam, indefinidamente, instantaneamente e sem explicações. O padre se atrapalha com o olhar, levanta-se e diz:

— Carolina, o que você queria na igreja?

— Nada.

— Por que veio aqui, então?

— Não sei.

— Você queria rezar um pouco?

— É.

— Venha que eu abro a igreja para você, venha.

O padre abre a igreja, acende algumas luzes do altar e finge mexer em alguma coisa. A menina se ajoelha e finge rezar. O padre, um pouco ofegante, dirige-se ao pé de São Sebastião, ao lado do altar, e pensa: *"Meu Deus, o que é isso que estou sentindo? Mulheres sempre nos meteram medo. Estou completamente preparado por cursos e cursos e estudos para todo e qualquer tipo de sedução de uma mulher, e não me encontro preparado para a pureza, para a ingenuidade de uma adolescente. O que é isso, meu Deus?".*

Lança um olhar para a menina, que está ajoelhada, rezando. *"Que é isso, meu Deus? Em que mundo estou?".*

Retira-se da igreja. Vai aos aposentos, escolhe um livro para ler. Abre a gaveta da camiseira, pega um terço e começa a rezar para Santa Rita. *"Que coisa impossível é controlar um sentimento, que pecado, é só uma menina...".*

Capítulo 2

Toca o despertador. São seis horas da manhã.

— Filha, está na hora de trabalhar, eu levo você até lá. Não vá se atrasar logo no primeiro dia.

"Ai, que saco! Madrugar para quê? Duvido que alguém já esteja de pé naquela casa", pensa Carol.

— Vamos, filha — brada o pai.

Carolina se veste rapidamente, mal passa a mão pelos cabelos e vai para a cozinha.

— Cadê minha sandália, mãe?

— Eu é que sei? Trate de tomar logo o café que eu não vou esquentar de novo, não.

— Já vou.

Carol sai da cozinha para o quarto novamente.

— Essa menina... — diz a mãe — como é devagar! Não sei a quem puxou.

— Pois eu sei — diz o pai. — Puxou a você. Não gosto de falar isso, mas sempre achei que um homem teria mais serventia.

— Cale a boca, a menina pode escutar.

— Vamos, filha! — grita o pai. — Vamos!

— Não acho o sapato. Não adianta me apertar porque eu não acho o sapato. Eu não vou de chinelo, não vou. Vão pensar que eu sou mendiga, eu não vou de chinelo.

Entra a mãe no quarto e pega a sandália da menina embaixo da cama.

— Seria esta?

— É — responde, meio acanhada.

Ela senta-se à mesa, a mãe coloca o leite e o café na caneca. Carol olha para o alto.

— Está pra nascer criatura mais preguiçosa que você, né, minha filha?

— Não sou preguiçosa coisa nenhuma. Além disso, é muito cedo para ir trabalhar, está escuro ainda.

— Cedo? — grita o pai.

— Aposto que a única pessoa que está de pé na casa do doutor é o pé de laranja.

— Ai, que gracinha! Vamos.

Saem pai e filha, e o pai dá mil e uma recomendações de como ela deve se portar.

Chegam à casa enorme do Dr. Cornélio. São atendidos por uma mulher que a leva até a cozinha.

— Você que é a filha do seu Zé?

— Eu mesma.

— Eu sou Maria. Prazer!

Cumprimentam-se.

— O doutor já acordou?

— Ele costuma sair às seis e meia e perguntou se você não tinha chegado.

— Ah, é?

— É, sim, são sete e quinze, pensei que não viria mais. Venha, vamos trabalhar.

— Maria, a que horas eu vou embora?

— Preocupada com a saída? Você vai embora a hora que acabar o serviço.

Passa das nove da noite quando José bate à porta do Dr. Cornélio.

— Por favor, minha filha está aí?

— Está, sim. Entre, por favor. É difícil dizer isto, mas Carolina é uma menina novinha e muito devagar para fazer as coisas. Desde que chegou não saiu da cozinha. Maria dá conta da casa inteira, da roupa, e ela só na cozinha.

— Vamos, filha. Até amanhã, doutor.

Na rua, o pai pergunta:

— O que aconteceu, filha?

— Eu estou cansada.

— Gostou ou não gostou do serviço? Trataram você bem ou mal? Fale pra mim, preciso saber de tudo.

— A patroa, dona Silvia, é uma chata de galocha.

— Por quê?

— Uma hora pede suco de laranja, outra hora pede o cinzeiro, na outra pede a revista. Quer café para servir as visitas dela. Não dá, né, pai?

— E o serviço, filha?

— Quê? Mais serviço, pai?

Caminham até a casa. A mãe já está desesperada.

— Filha, querida. O que aconteceu com você, alguém a sequestrou?

— Não — responde o pai. — Ela é meio lerda mesmo.

— Lerda coisa nenhuma. Minha filha não é escrava, não. Não posso aceitar isso, não posso.

— Tá bom, mulher. Amanhã eu vou cedinho conversar com o doutor para marcar horário de saída, tá?

— Vá tomar banho. Vá, filha, para jantar.

— Já tomei, mãe.

— Como?

— Depois que eu lavei a cortina, tomei banho, descansei um pouco, depois jantei, aí fui lavar os pratos.

— O quê? — diz a mãe com ar assustado.

— Agora vou dormir, tchau.
— Não a achei cansada — diz a mulher.
— Nem eu! Que estranho...

※ ※ ※

No dia seguinte, ao chegar à casa, o Dr. Cornélio já tinha saído.
— Ele sai cedinho, não é mesmo? — diz José.
— Sim — confirma Maria, a empregada. — O plantão dele começa às sete horas e ele gosta de chegar um pouco mais cedo.
— Depois eu passo aí. Tchau. Juízo, hein, filha!
— Tchau.
No transcorrer da tarde, logo após o almoço, Maria começa a preparar uma sobremesa.
— A patroa saiu? — pergunta Carolina.
— Sim — responde Maria. — Deve ter ido ao cabeleireiro.
— Sabe o que é? É que eu fiz uma promessa para quando arrumasse trabalho, eu iria todos os o dias à igreja.
— Ah, foi?
— Foi. Só que ontem eu saí tão tarde que não deu tempo de ir à igreja, estava fechada.
— Foi?

— É. Será que eu poderia dar um pulinho lá, agora?

— Você bobeou, Carol. Ontem você poderia ter saído às cinco e meia, com o Clóvis. Eu terminaria o serviço.

— Era o primeiro dia, não? Posso ir?

— Se quiser ir, é por sua conta. Eu não posso autorizar nada, não sou patroa.

— Você não conta para ela, nem para ninguém. Não posso ficar sem cumprir a minha promessa.

— Não, não falo nada. Mas, se der errado, não tenho nada com isso.

— Tá bom, tchau.

Carol sai rápido, correndo pelas ruas, em direção à igreja. Ao chegar, o local está fechado. Ela vai àquela porta da sacristia que já conhece e bate desesperadamente.

— Padre, padre, me atenda. Pelo amor de Deus, me atenda.

Sai o padre cambaleando, como quem acaba de acordar do cochilo.

— Carolina, você de novo por aqui. O que aconteceu?

— O senhor tem que abrir a igreja pra mim, agora. Preciso rezar.

— Não está no horário. Venha à tarde.

— Não posso, estou trabalhando. Ontem eu trabalhei até quase dez horas da noite.

— Credo! Quem é o seu patrão?

— É o Dr. Cornélio.

O padre abre a igreja e diz:

— Não posso ficar abrindo a igreja toda hora para você rezar. Tem horário e eu tenho compromisso.

— Mas, padre, você estava dormindo.

— Quem falou que eu estava dormindo?

— O senhor estava fazendo o quê, então?

— Rezando, ora, rezando.

Ela entra na igreja. Faz o sinal da cruz, ajoelha-se por um instante e se levanta.

— Já cumpri minha promessa. Obrigada, padre.

— Carolina, aproveite que você está aqui, converse com Deus e mude sua promessa, para ficar uma hora no sábado, rezando direto, e não precisar mais vir durante a semana. Assim não atrapalha o seu serviço.

— Tá bom — retruca e volta a se ajoelhar.

O padre entra na sacristia, e logo Carolina aparece atrás dele.

— Padre.

— Fale.

— Eu falei com Deus e ele não aceitou. Ele quer que eu venha todos os dias para pagar a minha promessa, na hora que eu puder.

— Pois bem. Conheço seu pai, o senhor José, vou conversar com ele sobre isso.

— Não, pelo amor de Deus! Senão ele me bate.

— Ora, você é uma mocinha. Seu pai não lhe bate de jeito nenhum.

— Bate, sim... bate, sim.

Carolina levanta a saia e mostra um lado das nádegas ao padre.

— Olhe a marca que ele fez na semana passada, olhe.

— Suma daqui! Já, menina! — começa a gritar o padre — Senão vou falar com o seu pai de verdade, sua doida!

Carolina sai correndo de volta para o serviço. Entra bufando na cozinha.

— O padre falou que eu posso ir todo dia nesse horário, que ele vai me deixar rezar, Maria. Para pagar a minha promessa.

— Que bom! Mas a sua promessa é para rezar uma novena, são nove dias.

— Não, um ano.

— Um ano?

— É. Por um ano eu irei todos os dias para pagar a promessa.

— Não quero desanimar você, mas acho que isso não vai dar certo, não.

— Vai, sim. Quando o Dr. Cornélio souber, ele não vai me despedir antes de eu pagar toda a minha promessa, não é mesmo?

Capítulo 3

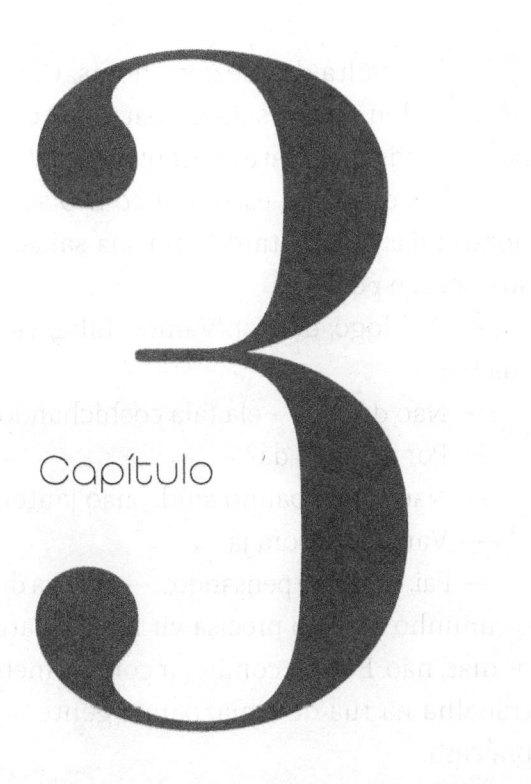

Por volta das dezoito horas, Carolina é chamada à sala da patroa. Ao entrar, avista seu pai e Dr. Cornélio conversando.

— Carolina, eu estipulei com o seu pai o horário das seis da tarde para sua saída. Pegue sua bolsa e pode ir.

— Até logo, doutor. Vamos, filha, vá pegar sua bolsa.

— Não dá, pai — ela fala cochichando.

— Por que não dá?

— Não tomei banho ainda, não jantei.

— Vamos embora já.

— Pai, eu estive pensando... — ela fala durante o caminho. — Não precisa vir me buscar todos os dias, não. Eu vou combinar com a Janete, que trabalha na rua de cima, para a gente ir junto pra casa.

— Boa ideia, filha. Boa ideia.

No dia seguinte, logo depois do almoço, quando ainda estava limpando o fogão, Carolina dá um salto e diz:

— Maria, eu preciso ir à igreja agora.

— Vá na saída. Você está saindo às seis horas. A essa hora a igreja está aberta.

— Não, preciso ir agora.

— Carol, está ventando e vai chover. Nem sei se dá tempo de você chegar lá. Deixe para depois.

— Não, eu vou agora — e sai correndo.

Depois de correr por duas quadras, ela para. Começa a pingar forte e ela se esconde embaixo de uma árvore.

Melhorou a chuva, ela andou mais um pouco e desabou um toró em cima dela.

— Que chuva danada! Onde vou me esconder? Que chuva danada!

A patroa entra na cozinha e diz:

— Maria, feche todas as janelas, desligue todas as tomadas e não mexa com aço, porque não temos para-raios. Fale para a Carolina correr e tirar o resto da roupa que está no varal.

Maria olha assustada para a patroa e se cala.

Carolina chega à porta da sacristia da igreja e bate desesperadamente, mas é difícil ouvir, há grandes relâmpagos, ninguém ouve, o padre dorme.

O recurso de que ela se utiliza é gritar, mas o padre ainda não a ouve. Então, ela pega uma pedra que vê no chão e a arremessa no vidro, na parte um pouco mais alta, quebrando-o.

O padre Justino sai à janela, desesperado.

— Carolina, o que você está fazendo aí? Quem quebrou este vidro?

— Foi um moleque ali. Abra a porta, porque estou ensopada.

— Espere aí. Ai, meu Deus! Ai, meu Deus!

Ele abre a porta; e ela, ensopada da cabeça aos pés, entra e começa a espirrar.

— O que eu faço? O que eu faço? — desorienta-se o padre.

— Arrume uma roupa seca para mim.

— Como? Não posso fazer isso.

O padre abre uma gaveta, pega uma toalha e a entrega para Carol.

— Se enxugue, vá.

Carolina começa a espirrar. O padre acompanha a menina para dentro do seu alojamento.

— Vou sair, Carolina — fala, enquanto pega o guarda-chuva.

— Aonde vai, padre?

— Vou pedir ao seu pai que venha buscar você. Só isso.

— Mas, padre, pelo amor de Deus, eu só vim pagar minha promessa.

A roupa está colada ao corpo. O padre arregala os olhos, depois tampa-os com as mãos.

— Você está me colocando numa fria, Carolina. Eu sou padre, será que você não compreende isso?

— E eu sou uma jovem mulher. E daí?

O padre pega uma caneca, coloca dentro dela um pouco de café da garrafa térmica e a serve. Abre o guarda-roupa, pega um roupão e o entrega a Carol.

— Vista isso. Tire essa roupa molhada. Eu vou até a sua casa e já volto.

— Mas, padre, eu estou em horário de serviço.

— Seu patrão sabe que você veio aqui?

— Lógico que não! Estou em horário de serviço.

"Meu Deus, o que eu faço?", pensa o padre. Ele se dirige à janela, a chuva cai a cântaros. Pega um cobertor, entrega a ela, vai até a igreja, abre-a e começa a rezar, pedindo uma luz a Deus. Os relâmpagos estão imensos, parece que o céu está vindo abaixo.

Ele volta aos seus aposentos. Carolina está deitada em sua cama.

— Carolina, assim que melhorar a chuva, eu levo você para casa.

— Estou em horário de serviço.

— Sim, mas eu levo você para casa assim mesmo. Não se preocupe que o seu pai não vai dizer nada, não. Eu converso direito com ele. Fique tranquila.

Carolina se acomoda na cama, como quem vai tirar um cochilo. O padre vai à porta da sacristia e fica olhando a forte chuva que cai lá fora.

Carolina adormece.

O padre fecha de novo a porta, abre um armarinho, pega uma garrafa de vinho, coloca um pouco na caneca e toma. *"Bem que esta chuva poderia passar. De qualquer maneira, eu tenho que conversar com a família dessa menina, antes que eu me veja em apuros. Se alguém da cidade vir isso, pega mal, eu sou novo aqui"*, pensa.

De repente, escuta baterem forte à porta. *"Quem será?"* Larga o vinho e a caneca na mesa. Quando abre a porta, tem a surpresa. Dr. Cornélio e o senhor José acabam de chegar de carro.

— Boa tarde, senhor padre!

— Boa tarde, Dr. Cornélio! Boa tarde, senhor!

— Eu sou José, o pai de Carolina. Ela está?

— Entrem, entrem. O que acontece é o seguinte, senhor José: ela chegou aqui debaixo do toró. Eu não podia deixar de abrir a porta. Ela queria pagar uma promessa, estava ensopada.

— Eu quero saber onde ela está agora, padre — grita José.

— Ali dentro, nos aposentos.

Entram o pai e o Dr. Cornélio. Carolina começa a despertar:

— Papai, eu tomei a maior chuva.

— O que você está fazendo na cama do padre? Diga! — o pai brada.

— Acho que tirei um cochilo. O padre foi legal comigo. Me deu café e esta roupa de dormir.

O pai sai furioso em direção à porta do quarto. Vê a garrafa de vinho e a caneca.

— Café? Andaram bebendo vinho, isso, sim! Vá se trocar já!

José olha para o médico e diz:

— Desculpe, Dr. Cornélio.

O padre, encolhido no canto, sugere:

— É bom o senhor levá-la logo mesmo. Eu teria levado assim que a chuva acalmasse.

José avança em direção ao padre.

— Você é um grande *filho da puta*! O que fez com a minha filha?

— Eu não fiz nada! E é pecado xingar um padre.

— E assediar uma moça menor de idade, não é?

Neste momento, Dr. Cornélio diz:

— José, vamos à delegacia dar queixa do padre. Sou testemunha do que vi. Sua filha é menor, está sob a minha responsabilidade, já que deveria estar na minha casa trabalhando. Primeiro, eu quero tudo isso esclarecido. Segundo, é melhor você, Carol, procurar outro emprego. Na minha casa não cabe moça irresponsável. Quem não tem responsabilidade com dezessete, nem com cinquenta.

— Como? Dar queixa na delegacia? Vocês estão loucos? — brada o padre. — O que estão querendo insinuar?

— Minha filha está seminua, dormindo em sua cama, padre, em plenas três horas da tarde, igreja fechada... O que quer? Devia matá-lo.

— Santo Deus! — exclama o padre. E se dirige à Carolina:

— Vista-se logo, Carolina, e explique ao seu pai, sobre a sua promessa diária.

— Que promessa diária? — indaga José.
Todos se calam.

— Por acaso os encontros eram diários? Eram, minha filha?

— Sim, pai. Fiz uma promessa de vir todo dia à tarde rezar com o padre. E vim esta semana inteira.

Neste momento, o padre sai correndo pelos fundos, no meio da chuva, em direção ao mato. O pai e o patrão tentam localizá-lo, mas ele some. Então, encostam a porta da igreja e vão todos à delegacia.

Capítulo 4

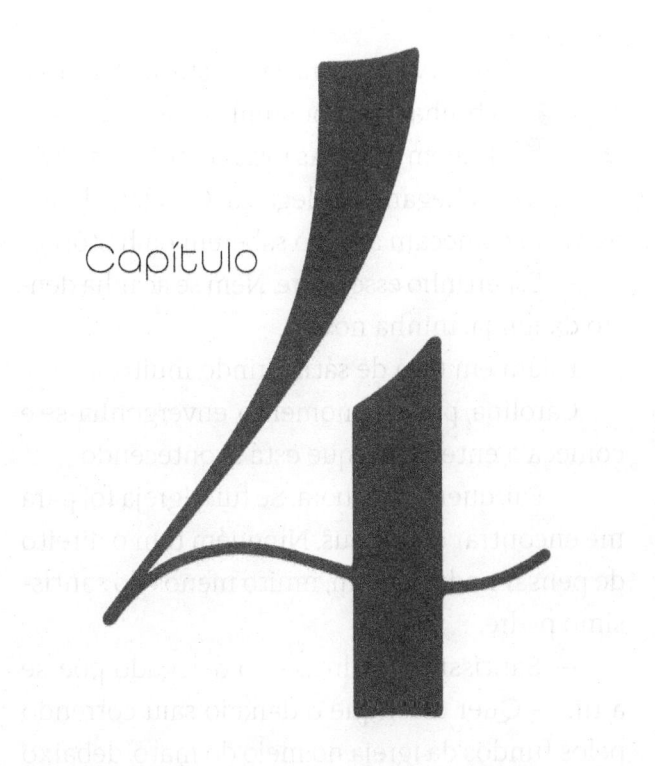

A chuva vai embora de vez, até o sol começa a brilhar um pouquinho e as pessoas se dirigem à rua. As lojas começam a abrir.

Os três chegam à delegacia. O delegado e o escrivão começam a rir ao saberem da história.

— Espertinho esse padre. Nem se acanha dentro da igreja, minha nossa...

Falam em tom de sátira, rindo muito.

Carolina, por um momento, envergonha-se e começa a entender o que está acontecendo.

— Pai, quero ir embora. Se fui à igreja foi para me encontrar com Deus. Ninguém tem o direito de pensar nada de mim, muito menos do santíssimo padre.

— Santíssimo padre... — o delegado põe-se a rir. — Quer dizer que o danado saiu correndo pelos fundos da igreja no meio do mato, debaixo daquele toró... Acho que ele está com medo da polícia... Ou será da menina?

Riem muito.

— Vamos embora, pai.

— Não, senhorita — diz o delegado. — Sente-se. Acabou a piada. Vamos fazer a ocorrência imediatamente. Quantos anos a senhorita tem?

— Dezessete.

— É de menor?

— Sim, senhor.

— Um prato cheio pro Kleber.

— Eu vou chamar ele — diz o escrivão.

— Quem é Kleber? — indaga o pai.

— É do jornal *Unidos da Cidade*. É bom que a cidade saiba o que o padre anda fazendo enquanto não reza a missa.

Após o depoimento de Carolina, vem o do pai dela, depois o do patrão, que se despede.

— Até mais ver, senhor José. Tchau, menina. Juízo, hein! Passa em casa sexta-feira, depois das quatro, que eu vou calcular quanto você tem para receber. Tchau.

— Por que tanta pressa em me pagar, hein, pai?

— Porque ele te mandou embora. Ou você pensava o quê?

— Mas eu trabalhei direitinho, lavei as panelas pesadas. Guardei tudo direitinho.

— Chega, filha! Não quero escutar mais nada. E quanto ao padre, senhor delegado? O que se pode fazer?

— Não se preocupe, senhor José. Às dezoito horas tem a missa diária. Após a missa, eu o convido a depor. Não se preocupe.

— Ele não vai querer depor, não.

— Ele não tem escolha, não se preocupe.

Ao chegarem à casa, a mãe, sem saber do que aconteceu, pede explicações.

— Sua filha é uma desmiolada, isso sim.

— Ainda não entendi. O que foi que eu fiz de errado? Fui rezar, e fui correndo para voltar logo. Não tive culpa se choveu. Graças a Deus, o padre estava lá.

— Vou quebrar sua boca, sua safada. Saia da minha frente, senão arrebento esse seu comedor de lavagem.

— Que braveza a do pai, hein! Se ele não fosse atrás de mim, o patrão nem teria percebido que saí um pouquinho.

— Como não? Se ele veio aqui me chamar?

— Só se ele tem bola de cristal, né, pai? Não contei nada para ele.

O pai, furioso, avança na direção da menina; a mãe a defende.

— Saia, filha. Vá para o seu quarto, vá. O que vai fazer agora, José? Em que encrenca nossa filha se meteu...

— Vou à missa das seis. O que mais posso fazer? Se alguém me falar alguma coisa contra a moral da minha filha, eu avanço.

— Que valentia, né, velho? Que valentia, e olhe o que sua filha apronta, olhe.

O homem senta, desolado.

— Você quer que eu vá à missa com você?

— Não, é melhor você ficar com a Carol, senão é capaz dela aprontar outra.

Kleber, o jornalista, já havia passado a notícia para a rádio local. Parece que a cidade inteira resolveu ir à missa, em plena quarta-feira. As pessoas se aglomeravam na rua.

Chega o delegado.

— Que houve, José? O padre se atrasou para abrir a igreja hoje?

— Será que ele vai rezar a missa?

— Bem, é obrigação dele. Vou bater na sacristia. Aguarde aqui, que eu vou sozinho — diz o delegado.

Logo mais ele volta.

— Ninguém atende. Vamos ficar sem missa. Mas um dia ele vai ter que aparecer. O que mais ele pode fazer? Ele não pode abandonar a igreja e a cidade. Se não aparecer até domingo, vou atrás do bispo. Tento localizar o telefone e vou falar com ele. É melhor o senhor ir para casa.

— A cidade toda está cochichando, estão falando da Carol. O que faço, doutor?

— Vá para casa. Amanhã será outro dia. São quase sete horas, não vai ter missa hoje, não. É bom que falem, assim ficam sabendo quem é o padre, para as pessoas não deixarem as meninas irem sozinhas à igreja. Pode ser perigoso.

— Até o senhor, delegado?

— Como assim "até eu"? Não se esqueça de que foi o senhor quem foi me procurar na delegacia, para dar queixa dessa bobagem.

— Bobagem porque não é sua filha.

— Não mesmo, senão não iria atrás de padre. Tem coisa melhor que a cidade pode oferecer. Minha filha é estudada, senhor José, e tem juízo também.

— Até logo. Passar bem.

Capítulo 5

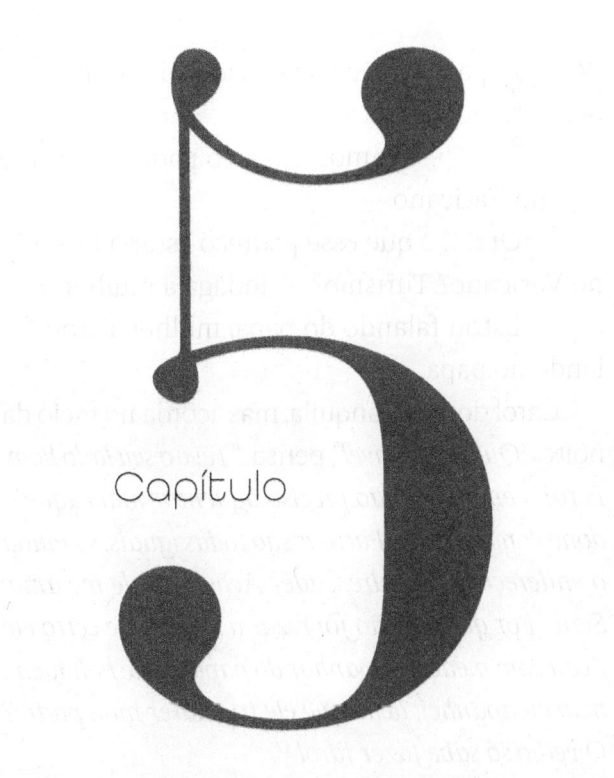

O pai e a mãe não conseguem dormir naquela noite.

— Vamos atrás do padre, nem que seja no Vaticano.

— Ora! E o que esse padreco estaria fazendo no Vaticano? Turismo? — indaga a mulher.

— Estou falando do papa, mulher. Estou falando do papa.

Carol dorme tranquila, mas acorda no meio da noite. *"Que dia terrível"*, pensa. *"Teve o seu lado bom. Perdi o emprego, não preciso aguentar mais aquela dona como patroa. Patroas são todas iguais, só muda o endereço. E o padre, cadê? Acho que ele me ama. Será? Por que ele não foi rezar a missa? De certo ele ficou com medo de apanhar do papai. Que bobagem, nem eu apanhei, acha que ele iria bater num padre? O velho só sabe fazer farol*[1]*".*

Na manhã seguinte, quando acaba de tomar café, a mãe avisa:

---

[1] N. de R.: "fazer farol" significa querer chamar a atenção.

— Você não vai sair do quarto hoje, nem para ir ao banheiro, entendeu? A cidade está fervendo, a rádio não fala outra coisa e até no jornal saiu.

— Eu poderia, então, tentar ser dançarina do grupo de pagode que está se formando na cidade, agora que sabem que eu existo, né, mãe?

— Dançarina do chinelo. Ele vai cantar na sua bunda, já, já.

A mãe entrega um penico para a filha e diz:

— Tome, não vai sair do quarto, nem para ir ao banheiro. E a chave fica comigo, entendido?

— Fazer o quê?

O pai chega.

— O patrão me dispensou. Não se fala em outra coisa na cidade. Todos me olham como se eu fosse um assassino e tivesse matado alguém. Que foi que essa menina fez?

— Você não perdeu o emprego, não é mesmo?

— Não, mas o patrão achou melhor eu ficar sem trabalhar hoje. Às seis horas vou à missa de novo. Só que antes vou passar na delegacia.

Em direção à delegacia, passa na igreja e vê uma tabuleta:

Por motivo de força maior, a igreja permanecerá fechada. Deverá funcionar

A PARTIR DE DOMINGO PARA A MISSA DAS SEIS HORAS DA MANHÃ.

José volta para casa. *"Será que o padre tirou férias ou não quer ter o flagrante?"*, pensa ele.

❈ ❈ ❈

Domingo, cinco e meia da manhã, a porta da igreja está lotada. Até gente da cidade vizinha madrugou para ver o que o padre falaria no sermão e o que o delegado faria.

Às cinco e quarenta e cinco abrem-se as portas da igreja. Às seis horas entra um padre idoso. Ele se apresenta como padre Ivo e diz que, a partir de agora, fará parte da igreja, até que seja efetivado um pároco.

A missa segue normalmente. Ao terminar, pai e delegado dirigem-se ao novo padre, que explica:

— Padre Justino apareceu no bispado, contou uma história doida. Disse que não queria mais ser padre, então o bispo resolveu que viria com ele conversar com a família da menina. Ele negou e saiu correndo. Inexplicável.

— E agora?

— Eu vou cuidar da paróquia até ele voltar ou até que seja tomada uma decisão melhor.

Ao longe avistam o bispo. Ele se aproxima e diz:

— Vamos conversar. O que aconteceu entre padre Justino e a paroquiana?

Depois das explicações, o bispo informa:

— Vou tentar localizá-lo com a família. E vou trazê-lo aqui para uma conversa, senhor José. Temos que esclarecer isso perante a comunidade e perante Deus. A cidade comenta, faz fofoca, mas padre Ivo vai cuidar para que o sermão ajude a abafar tudo. Quanto à sua menina, ela deve rezar, pedir perdão a Deus e tentar aos poucos ir esquecendo essa história, para as coisas não se complicarem. Em nome da Igreja, eu peço perdão ao senhor pelo padre Justino.

— Tudo bem, senhor bispo. Nada a fazer, por enquanto.

Capítulo 6

O tempo passou velozmente. Ninguém mais escutou falar do padre Justino; pouco a pouco, a menina Carol foi ficando menos visada nas ruas da cidadezinha. Mas, por outro lado, ninguém se habilitou a empregá-la.

— Sua filha não tem juízo, senhor José. Como posso colocar ela para atender fregueses?

✳ ✳ ✳

O tempo continua passando, e Carol se conforma em ter que cuidar da casa com a mãe.

Capítulo 7

Dois anos depois, há uma quermesse na cidade, dia de Santo Antônio, o santo casamenteiro. Janete, que está noiva, chama Carolina para irem juntas à comemoração.

— Vamos! Quem sabe aparece alguém. Vamos!

— Minha mãe não vai deixar.

Janete argumenta com a mãe de Carolina:

— Dona Josefa, é bom a Carol ir à quermesse. Quem sabe ela arranja uma paquera, ela já está com dezenove, logo faz vinte. É moça feita.

— Mas não tem juízo.

— Mas tem homem que gosta de mulher sem juízo também. O que seriam das louras se os homens só gostassem das morenas, não é mesmo?

— É, pode ir. Mas se arrume bem. Não quero que digam que passa necessidade aqui, ouviu?

Lá vão as duas, cantarolando e pulando pelos paralelepípedos, como nos velhos tempos.

— Logo você casa e eu não vou poder mais sair.

— Vou me casar em maio, no mês das noivas. Você tem que arranjar outras amigas. Meu noivo não gosta que eu saia mais com garotas, quer que eu seja só dele. Depois de casar, então, vai ser pior.

— É.

— Também são mais de dois anos sem sair de casa. Seu pai castigou você, hein?

— Esqueça essa história. Já sofri muito por aquele padre.

A quermesse está supermovimentada, brincadeiras, fogos, comidas de todo tipo, gente andando, correio secreto. Janete recebe um.

— Ai, Carol, estou com medo de abrir. Se alguém estiver me paquerando, o Carlão me mata.

— Dê para mim que eu abro. Faz de conta que é para mim. Dê.

Carol abre e era o noivo que escrevia para Janete: "Te amo, minha querida noiva".

— É ele! Só podia ser ele. Como eu sou boba! Olha, ele está lá atrás daquele poste observando a gente. Vou falar com ele.

— Vá, espero você aqui.

Para em frente a um tiro ao alvo. E fica observando. Quando vira o olhar, quase morre de emoção, pois avista o padre Justino e grita:

— Padre, você aqui?

É o bastante para todos olharem para eles. Muita gente conhecida, muita gente desconhecida também.

— Padre, por que você fugiu e me abandonou? Fiquei dois anos de castigo.

— Eu sei, mas me desculpe. Larguei a igreja. Você foi a tentação da minha vida. A carne é fraca e o coração derrete diante de um amor. Estou trabalhando numa oficina, em Picoré, distante 150 quilômetros daqui. Estou tentando construir minha vida.

— Eu perdi meu emprego, não arrumei outro.

— Carolina, você foi à igreja aqueles dias porque queria me ver?

— Sim.

— E para quê?

— Padre, a minha vida não tem sentido. Sou uma mulher que só tem duas escolhas na vida: ou trabalho ou caso. Eu detesto trabalhar. Queria me aconselhar com o senhor, mas não tive coragem.

— Que conselhos você quer, Carol? Fale.

— Como vou arrumar um casamento, se não gosto de cuidar de casa? Não que eu seja preguiçosa, mas gosto de dormir, de não fazer nada, quero passear, entende?

— Sim. Casamento é amor. Carol, você ama alguém?

— Um dia amei o senhor, padre. Mas me ferrei tanto que caí em depressão, fiquei de castigo por dois anos. Apesar disso, não fiz força nesses dois anos para conhecer alguém. Eu não sei se é amor, padre, eu não sei nada.

— Carol, eu larguei tudo por causa daquele episódio da chuva. Não me considero covarde por não ter enfrentado seu pai, o delegado, a cidade. Na verdade, eu queria cuidar dos meus sentimentos, saber o que eu realmente sentia. Você foi a tentação da minha vida. Vamos namorar? Você topa?

— Meu pai nunca iria deixar.

— Eu me acerto com ele. Não se preocupe. Topa?

— Topo.

Saíram de mãos dadas. O pai, quando soube, relutou um pouco, mas a mãe logo o fez compreender que era uma chance para a filha, que as coisas estavam difíceis, que ela não tinha habilidade para nada, que era preguiçosa, além da dificuldade em assimilar as coisas e era ingênua.

— Como colocá-la no mercado de trabalho na era das maldades e explorações do mundo moderno, das drogas? Se ela não for boa dona de casa, azar do padre. Não temos nada com isso e, de mais a mais, ele não é mais padre.

O casamento foi marcado para junho. Um mês depois do de Janete.

No casamento de Janete, eles conversaram.

— Padre, tem certeza de que quer casar comigo?

— Tenho. E você?

— Sabe o que é? Eu gosto de ficar na cama até as onze horas. Não sei lavar roupas e prefiro comida pronta. Gosto muito de lanche. Não sei se vai dar certo.

— Dá, sim, fique tranquila. Cada um é como é.

FIM

Conheça outros livros da autora:

Traços poéticos

"A poesia é obra da inspiração. Ela vem com toda leveza e capricho. Solene deságua em suas linhas. A arte da poesia é um momento único e próprio do poeta. Para mim, a poesia é a clareza do mundo oculto dos sentimentos, que vem aflorar em cada palavra, em cada rima, em cada tempo."

Meus passos de andarilha

Neste livro, Maria de Lourdes Alba traz simplicidade poética em temas que abrangem o amor, o cotidiano, o tempo... Pequenas metáforas bem colocadas e poemas que a imaginação fotografa recheiam o livro com delicadeza em uma sutil expressão poética.

Pingos e respingos

Um pequeno livreto com 38 frases e pensamentos. Não se trata de autoajuda, evocações espirituais, nem tampouco religiosas. São frases apenas, que induzem a refletir.

Quatro quartos

Neste livro, Maria de Lourdes Alba retrata com sensibilidade as dores da vida e o processo de reconhecimento, organização e purificação das emoções.

Com versos simples e líricos, personalíssimos, essa percepção criadora permeia toda a sua ótica temática, de abrangência variada, indo dos sentimentos íntimos ao mundo que a cerca, da solidão à vida pulsante do dia a dia.

※ ※ ※ ※ ※

Esta obra foi composta em Alda OT 11,4 pt e impressa em
papel Pólen soft 80 g/m² pela gráfica Meta.